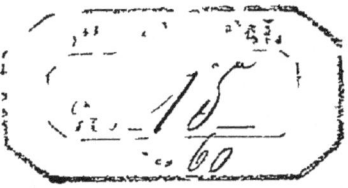

UN
TABLEAU VRAI,

POÉTIQUE ET BURLESQUE,

PAR

Em. BEAUDÉMONT.

SAINT-QUENTIN,

Imprimerie Cottenest et Comp.

1860.

UN TABLEAU VRAI,

POÉTIQUE ET BURLESQUE.

UN TABLEAU VRAI,

POÉTIQUE ET BURLESQUE.

———

J'ai des rires pour la joie et des larmes pour la douleur.

E. B

————————

A M CELESTIN WATEAU

Salut ! charmant village où l'Oise étend son cours,
Salut à l'oasis, nid mignon des amours ;
Qu'embaumé par les fleurs émaillant ta prairie,
On aime ta senteur qui rappelle à la vie !
J'aime aussi ta cascade où bout, écume l'eau ;

1860

Où le saule se mire, où vient chanter l'oiseau
Lorsqu'il veut célébrer une hymne harmonieuse
A la beauté des lieux, d'ombre mystérieuse,
Faisant rêver au ciel, épanouir le cœur,
Par son puissant attrait, par son site enchanteur.
Viens me séduire encore, ô divin paysage !
Représente à mes yeux ta vue au frais mirage.
Le bon air qu'on respire aux bords de ton ruisseau,
Quand le zéphir se joue, agite le roseau ;
Que dans l'herbe mon corps, sans s'humecter se noie,
S'étende mollement, sans crainte qu'on le voie,
Sur ta couche champêtre, aux ressorts peu mouvants
Qu'elle parfume, endorme en songes caressants.

Que la rivière emporte, en coulant son murmure
Roule sur les cailloux où son cristal s'épure.
Vienne aussi le brochet pour y dormir au frais ;
Qu'il aspire en nageant la saveur de ses prés
D'arômes odorants qu'on aspire et qu'on hume,
Que sa chair se pénètre et que son goût parfume,
Satisfasse un gourmet au palais délicat ;
Qu'en plongeant sa fourchette, il pêche dans le plat.
L'eau m'en vient à la bouche, et si je poétise
C'est pour lui faire éloge un peu par gourmandise.

Oui ! le poisson de l'Oise est un des plus friands,
Comme le lieu décrit est un des plus riants.
D'inspiration pure il faut que je me serve ,
Qu'une image choisie excite un peu ma verve.

Honneur à votre accueil , aimable amphitrion !
Honneur à Macquigny, salut à votre nom !...
J'arrive en invité , prenant place à la table
Près de gais compagnons , au caractère affable ;
Je me trouvais sensible aux soins affectueux
Qui frappaient à la fois et mon cœur et mes yeux.
Le goût le plus parfait, de recherche élégante ,
Prédisait au festin une chère excellente.
La blancheur de la nappe et son brillant couvert
Pour nous affriander étalaient le dessert ;
On voyait la victime , en holocauste offerte,
De fleurs toute parée , en annoncer la perte ;
Et l'énorme brochet , étendu tout au long ,
Avait pris la couleur et l'aspect du saumon.
Les apprêts étaient beaux !... Pour couronner la fête ,
Les flacons abondaient en menaçant la tête ,
Non par leur contenant, mais par leur contenu
Que nous montrait du doigt un sien ami Boisdu ,

L'homme des mieux appris, d'une humeur agreable
Et de gaîté d'esprit, à l'œuvre intarissable.

Assis auprès de moi, le bon garçon Liécart
Qui, d'un ami commun se trouvait à l'écart,
Me faisait, en riant, remarquer la figure,
Les favoris touffus, signe de bonne augure
De notre ami Topi : « Voyez-vous le ventru ! »
« Allons, tais-toi Liécart, tu n'es qu'un malotru,
» Tu veux faire la guerre? — elle n'est pas ouverte,
» Nous sommes à manger, attends à la desserte :
» Respecte le traité, ne viole pas ta foi,
» Je réglerai plus tard cet article avec toi. »
Et ce disant notre homme arrive par-derrière.
Liécart ne peut le voir, il saisit la salière
Qui contenait le poivre, en fourre dans son pain
Qu'il recouvre de mie. Et Liécart avait faim.
Il avale hardiment la légère substance
Triturant et mâchant le poivre en abondance.
D'une grimace affreuse, on voit pleurer ses yeux ;
Il accuse Topi, jurant qu'il fera mieux.

Puis se trouve à ma gauche un tout gentil jeune homme

A l'air doux et modeste, intelligent, en somme.
Il s'appelait Lephipe, il parlait un peu bas,
Il me connaissait peu, sans doute il n'osait pas.
Nous causions d'un absent dont je tairai le nom ;
Oh ! celui-là ! c'est Dieu ! l'ange de la maison !...
Et dans sa voix tremblait l'harmonieuse larme,
Du fond du cœur sortie avec un son qui charme !

Un peu plus sur ma droite, un vigoureux luron
D'un air vif, aux yeurs noirs, d'un haut et large front,
A la brune moustache, arrondie et légère,
D'une forme athlétique, à l'allure un peu fière,
Au cœur droit, noble et franc, sans cesser d'être humain,
Bien pétri d'un limon.... à faire un homme, enfin.

J'aurais, pour compléter cette nomenclature,
Une longue série à faire en portraiture ;
Mais ma vue est restreinte et ne porte pas loin,
Pour clore mon tableau d'un seul nom j'ai besoin.
Je vais, en larges traits, en ébaucher l'esquisse,
J'invoque ma mémoire et fuis tout artifice :
Les yeux gris, la figure à l'ovale un peu rond
Où la finesse gaie à l'esprit se confond ;

La physionomie animée et rieuse
N'a pas du froid dédain cette verve moqueuse.
La voix est souple et belle, elle exhale en chantant
Un doux air de tendresse intime et caressant.
La chansonnette est vraie, et cette voix qui chante
Trouve dans ses accents une gaîté charmante;
La vérité des traits, ou touchants ou naïfs,
De nos airs villageois retrace les motifs;
Et je crois les entendre encore à mon oreille,
Folâtres, sautillant. La nuit quand je m'éveille,
Le son se reproduit, poétique, émouvant
Que transmet une brise à l'écho murmurant.

Notre hôte bienveillant et d'humeur agréable,
En artiste avait fait le comfort de sa table;
Rien n'était épargné, les mets de goût exquis
Encourageaient surtout les tièdes appétits
Qu'arrosaient fréquemment le bordeaux, le madère:
On puisait largement jusqu'au fond de son verre.
Mais déjà notre langue, à l'instar du gourmet
Se délecte à l'avance à l'odeur, au fumet
Que répand le brochet. Une illustre mâchoire
S'ouvre pour l'engouffrer et l'avaler sans boire.
L'un de nos festoyants y convoite sa part:

Ce festoyeur habile est notre ami Liécart.
Il arrête notre homme, en sautant le devance.
Et Topi, malgré lui, sur le brochet s'élance
Prêt à le dévorer. « Où vas-tu, malheureux !
» Lui dit Liécart : attends, fais au moins part pour deux ;
» Referme l'avaloir à triple garniture
» Dont, pour tout engloutir, t'a doué la nature
» Ne te souvient-il plus que nous avons fait loi
» Que ce qui t'appartient doit être aussi pour moi ? »
« Oui, lui répond Topi, de ce liquide à boire
» Mais du brochet ici c'est tout une autre histoire ;
» Notre pacte conclut que je dois tout manger
» Et toi tout boire à sec, pourquoi me déranger ?
» Bois donc, je mangerai. Ton gosier te châtouille,
» J'ai doré ton palais, pimenté ta gargouille. »

Nos rires se heurtaient comme heurtent les flots
Lorsqu'une brise folle agite leur repos ;
L'un des préopinants entr'ouve sa mâchoire,
L'autre imite un glou-glou de fioles à boire ;
D'une sublime idée il menace Topi,
Mais, pour la mettre en œuvre, il faut qu'il soit sorti.

Chacun de nous riait, sous cape, du compère
A la face empourprée et feignant la colère.
Il demande à sortir, aussitôt dans la cour
Sans siéges, sur des bois, on s'assied tour-à-tour.
Là, le finaud Liécart nous salue en artiste
En nous disant : « Messieurs, je suis un peu banquiste,
» Mais sur moi, pour avoir ici l'opinion,
» Je vais de mes talents montrer l'échantillon.
» Il me faut un tribut avant que je commence,
» Car tout petit savoir mérite récompense.
» Donnez peu, mais donnez ! rien ne sera perdu
» De ces dons, tire-lire en offre le reçu. »
Et les gros sous pleuvaient dans la vaste casquette,
Tire-lire imprévue et sans choix pour la quête.
Liécart jongle des mains et, par un simple effort,
Se penche tête en bas sur la chaise, il y mord
Sur la natte enfoncée une épingle ordinaire
Qu'il enlève des dents ; puis il demande un verre
Assez grand, vase ou chope, et contenant de l'eau ;
« Car, nous dit-il, ce tour est tout-à-fait nouveau.
» Arrive ici, Topi ; ne faisons pas la bête,
» Mets ce sou sur mon pied, moi, je vais sur ma tête
» Tenir ce verre plein. Attention surtout
» De bien placer la pièce et d'aplomb sur le bout.
» Messieurs, vous allez voir de mon pied disparaître

» La pièce de monnaie et dans l'eau reparaître ;
» Regardez bien, Messieurs, comme elle y va sauter,
» Allons, l'ami Topi, tâche de l'attraper,
» Lève les yeux vers moi, ne fais pas la grimace,
» Tiens, voilà ton salaire !... » Il lui flanque à la face
Toute l'eau contenue, et Topi promet tard
Qu'on ne le prendra plus à gober un canard.

Mais bientôt un appel retentit dans l'espace :
A table, dépêchons ; que chacun prenne place.
Et Liécart et Topi, redevenus amis,
Dans ce second festin se trouvent réunis.
Les servants à la hâte emplissent les assiettes,
Nos verres, débordant, y mouillent les serviettes ;
Tout arrive à la fois, et nos fiers estomacs
Absorbants, dévorants, en vident tous les plats.
Il faut déifier l'amphitryon, l'idole
Qu'on salue et vénère au son de la parole.
Nous l'avons applaudi, comme les chauds Romains
Qui, sous le lustre assis, y font claquer leurs mains.
C'était éclaboussant et d'une humeur bachique ;
On pouvait sans mourir y déposer sa chique !

Châteauneuf, l'Ermitage, ô vins délicieux !
Vous montiez de la cave en descendant des cieux ;
Vous veniez échauffer et redonner l'haleine,
De transports délirants vous ouvriez la veine.
Oui ! c'était du nectar ou du vrai jus divin,
Que le Dieu de la treille avait mis dans ce vin.
Oh ! Tauvat, notre ami, ta liqueur purpurine
Fait honneur à ton choix, à la science divine,
Que Bacchus te décore et laisse au lendemain,
Ce qui fait notre joie et le bonheur humain.
Hélas ! n'avons-nous pas une ronce, une épine
Pour déchirer le cœur aux maux qu'on lui destine.

Notre verve bientôt se décèle en chantant ;
Demombeau se déclare un membre compétent ;
Il retrouve sa voix, sa sève de jeunesse,
Et par de gais refrains il provoque à l'ivresse,
Cette folle des sens qui nous fait oublier
La douleur domestique, un chagrin du foyer !...
Et bientôt exalté d'un chant de poésie,
Son cœur, en débordant, fuit la mélancolie.
Sa mémoire prodigue, en vers licencieux,
Retrace des tableaux à faire ouvrir les yeux ;

Qui n'effarouchaient pas de trop chastes oreilles,
Nous étions des frelons déshérités d'abeilles.

Tout-à-coup le champagne, à la mousse légère,
Humide et vaporeuse inonde notre sphère ;
De tous points à la fois jaillit un jet nouveau,
En gerbe se croisant. va monter au cerveau.
On puise à la bouteille une sorte d'orgie,
Ainsi qu'à la mamelle on a sucé la vie !
Chacun se dérobait à ce flot imprévu,
Mais un seul y résiste, et c'est l'ami Boisdu.
« Je veux boire, » dit-il, de loin la bouche ouverte.
Lerandmil, aussitôt, craignant qu'il ne déserte,
Ajuste sur sa face un rutilant bouquet.
Qui le mouille, le noie et lui cause un hoquet.
Pour parer à ce choc, il soulève la nappe,
De verres et de plats un amas s'en échappe,
Roule sur le carreau, casse et brise en tombant.
Boisdu se montre alors radieux, triomphant;
Il ressemble à ce Dieu dont on nous peint l'ivresse;
Sa coupe d'une main, que son regard caresse,
Il provoque un fou rire. une joyeuse humeur ;
Par de bruyants vivats nous l'acclamons en chœur.
Tableau facétieux, ébouriffante scène,

Qui séduit la raison, que la folie enchaîne.
Laisse-nous donc encore, orgie ou festival,
Entraînés par l'élan, comme une valse au bal?
Laisse-nous ton prestige au fond de la mémoire,
Ton souvenir gravé d'une page d'histoire.
Qu'on nous puisse imiter; d'esprit, de cœur, contents
En sachant vivre un jour en vrais Roger-Bontemps?

EM. BEAUDEMONT.

Saint-Quentin, 1859

————— ❧ —————

REMERCIMENTS.

———

A Mmes ✦✦ ET A Mlles WATEAU. DE MACQUIGNY (1).

Mesdames, votre grâce, en notre sein parfume
    Nos douleurs, nos accents;
Comme en un sol humide, un chaud rayon y fume,
    Donne aux plantes l'encens!

(1) Une couronne de fleurs artificielles a été envoyée à l'auteur, avec cette dédicace *Souvenir de Macquigny a son poete*

On m'offrit en vos noms le plus beau diadème
    Qui jamais fut donné ;
Du titre de poète on sacra le baptême
    Sur mon front couronné.

Ces fleurs que, pour tresser, votre goût a choisies
    Ont la suavité,
La fraîcheur, le parfum des fleurs de vos prairies,
    Et leur réalité.

Coquelicots, bluets, oh ! vous, humbles trophées !
    Muguet, myosotis,
Violette, aubépine : est-ce des doigts de fées
    Que vous êtes sortis ?

Des gouttes de rosée, éphémères, frivoles,
    Aux reflets chatoyants,
De leur limpide éclat brillaient dans ces corolles,
    Comme des diamants.

Va, couronne octroyée au poème burlesque,
    Tu viens de l'infini.
Diadème des champs, au prisme pittoresque,
    Sois à jamais béni !

Que grisonnant ma tête, aux bords de son automne
Courbe mon front penseur,
Mais, que long-temps encore, au poids de ma couronne
Résonne aussi mon cœur !

Que ses échos vibrants, chères enchanteresses,
Rendent des sons joyeux.
Que mon souffle inspiré vous porte les caresses
D'un luth harmonieux !

Merci, vrai lieu divin ! Macquigny, ton poète
Te doit sa royauté ;
A vous, anges, merci ! soyez mon interprète
Au séjour enchanté !....

Le Poete de Macquigny,

EM. BEAUDEMONT.

Saint-Quentin, octobre 1859

www.ingramcontent.com/pod-product-compliance
Lightning Source LLC
Chambersburg PA
CBHW061438170626
46811CB00005B/2310